KB111997

진솔미소 시집

나는 가짜다

나는 가짜다

발행일 2022년 6월 15일

지은이 진솔미소
펴낸이 손형국
펴낸곳 (주)북랩
편집인 선일영 편집 정두철, 배진용, 김현아, 박준, 장하영
디자인 이현수, 김민하, 김영주, 안유경, 신혜림 제작 박기성, 황동현, 구성우, 권태련
마케팅 김회란, 박진관
출판등록 2004. 12. 1(제2012-000051호)
주소 서울특별시 금천구 가산디지털 1로 168, 우림라이온스밸리 B동 B113~114호, C동 B101호
홈페이지 www.book.co.kr
전화번호 (02)2026-5777 팩스 (02)2026-5747

ISBN 979-11-6836-337-3 03810 (종이책) 979-11-6836-338-0 05810 (전자책)

진솔미소 시집

• • •

나는 가짜다

북랩

시인의 마음

•
•
•

왜 삶이 힘들까?
이렇게 사는 내가 진짜일까?
진짜는 힘든 걸까?
그렇게 생각 안 한다
그래서 나는 가짜다

진짜를 느끼길 바라며...

~만 끝내면 내 삶은 달라질 거야.

~만 해결하면 내 삶은 편해질 거야.

~은 지나가면 또 오고 해결하면 또 온다.

환경의 변화무쌍함과 사건, 짊어져야 할 책임감,

사랑과 사람들과의 관계에서 오는 갈등은 끝이 없다.

외부로부터 오는 상처,

고스란히 받아들이고 힘들어했다.

어느 날

이렇게 미진한 존재로 살다가 죽는 것에 대한 거부감이 들었다.

그렇다면 괴로움의 해결 방법은 없는 걸까?

긴 시간 겪은 아픔과 치유과정을 통해 느낀 건

내 의지와 상관없이 일어나고 발생하는 환경을 통제할 수 없다면

일어난 일에 대한 해석과 느끼는 감정은 내가 통제할 수 있다는

것이다.

사건은 나의 선택이 아니다.
하지만 감정은 나의 선택이다.

괴로움을 선택했다면 괴로움을 느끼는 게 당연하다.
어떻게 안 느낄 수가 있냐고?
안 느끼는 게 아니라 느끼지만
감정과 하나가 되어 괴로워하지 말고
한 발자국 떨어져 그 감정을 관조할 수 있다.
그래서 괴로움은 타인의 책임이 아니라
자신의 책임이다.

괴로움을 너무 붙잡고 있지 말고
용기를 내어 감정의 굴레에서 나오기를 바라며….

목차

3부 **용기**

4부 수용

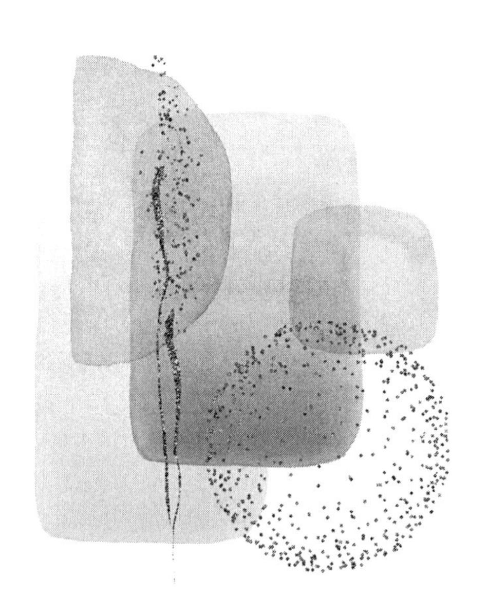

◆

1부

상처

벽 /

나는 모르겠어

너를

너도 모르겠지

나를

가까이 있어도

항상 답답해

내가 막힌 건지

너가 막힌 건지

사귄 지 6개월 /

내가 너무 좋은가 보다

나밖에 모른다

나를 너무 사랑하나 보다

나와 같이 있으려고만 한다

나를 너무 아끼나 보다

나를 어디 못 가게 한다

나밖에 모르는 바보다

그래서 나도 그밖에 모르는 바보가 됐다

술 그리고 나 /

나 현재 기분 엿

고조된 기氣

외로운 자아

부정적 의식

에이!

몰라

술, 눈치, 가식적 분위기는 잘 섞이는데

자아만 안 섞인다

마실수록 즐거운데

공허감은 커진다

일관된 진실

일관된 믿음

일관된 사람은 없다

일관된 건 술?

계속 들이켠다

그래도 끄떡없다

술보다 센 게 이성인가?

이성이 싫다

현실이 싫다

생각이 싫다

밖으로 나와 호흡 크게 한번 해본다

술기운을~

바람을~

음미한다

시원하다

답답하다

행복과 불행 /

그 사람이 여행 가자고 하면 나는 들뜬다

그 사람이 쉬는 날 데이트를 하면 나는 설렌다

그 사람이 없는 돈에 선물을 사주면 나는 고마워한다

그 사람이 전화나 문자로 관심을 보이면 나는 사랑을 느낀다

그 사람이 다른 약속보다 나를 만나는 게 1순위면 나는 뿌듯하다

그 사람이 가끔 애정표현을 하면 나는 안심한다

그 사람이 하기 싫어도 내 부탁을 들어줄 때 나는 감동한다

그 사람이 친구들을 만나 오래 술을 마시면 나는 싫어한다

그 사람이 쉬는 날 시간이 없다고 하면 난 실망한다

그 사람이 내 생일을 잊어버리면 화가 난다

그 사람이 예전하고 달리 무관심하면 나는 우울해진다

그 사람이 "사랑해"란 표현을 안 하면 난 의심한다

그 사람이 이벤트가 없으면 난 무기력해진다

그 사람이 자기 취미에만 빠지면 나는 외로워진다

그 사람이 전화를 안 받으면 난 불안해한다

내 행복과 불행은 그 사람에게 달려있다

불면증 /

컴퓨터같이 생긴 베개에
머리를 복사한다
양 한 마리
양 두 마리
양 서른…
더 이상 양들은 온순하지 않다

시간 약속도 안 한 큰 시계는
일방적으로 자꾸 재촉하기만 하는데
몸은 지쳐 처지고
머리는 맑다
세상 시름 다 안고 위로해 보지만
왠지 불안한 느낌

의심병 /

그대가 형식적인 문자를 하지 말았으면 좋겠다
구체적 관심을 가지고 대화를 했으면 좋겠다
그대의 이야기를 들려줬으면 좋겠다

그대의 욕구만을 위해 내 존재가 필요한 것 같은
의구심이 든다면
그대의 잘못인가?
나의 예민함일까?

나의 의심병이 또 도진다
나의 가치를 상대방에게서 찾는다

잘난 사람보다 따뜻한 사람이 그립다

외계인 /

미친 듯 몰아치는 애정표현과 관심에
으쓱했다
'나밖에 모르네'

6개월 후
그는 변했다
그래서 자주 싸웠다

난
"사랑이 식었다"고

그이는
"또 시작이냐"고 답답해한다

그이는 변한 게 아니라

원래 생활로 돌아간 것뿐이고 그런 사람이다

그래서

“이럴 거면 왜 잘해줬냐”고 따진다

그이는

“내가 뭘 잘해줬냐”고 한다

서로 못 알아듣는다

우리는

다른 세상의 언어로 다른 말을 하는

외계인이다

가슴과 머리 /

가슴은 잡고 싶어 하고
머리는 놓으라고 한다

가슴은 보고 싶어 하고
머리는 잊으라고 한다

가슴은 다 수용하라 하고
머리는 의심한다

가슴은 행복만 생각하고
머리는 상처를 생각한다

가슴은 따뜻한데
머리는 차갑다

가슴은 그리워 울고

머리는 무표정이다

정신과 육체 /

어디든 가고 싶지만
갈 수 없다
무엇이든 하고 싶지만
할 수 없다
환경을 바꾸고 싶지만
바꿀 수 없다
뭐든 들어주고 싶지만
들어줄 수 없다
언제든 만나고 싶지만
만날 수 없다

정신의 꿈을 육체가 막는다

이해심의 한계 /

이제는 자기만의 시간을 달라고 한다
나하고만 있으려고 했던 사람이…
나를 꼼짝 못 하게 했던 사람이…

오히려 나를 집착이 강한
사람으로 몰고 간다

어이가 없다

사랑인지? 변심인지?
이해할까? 헤어질까?

가까이할수록 멀어지는 느낌 /

가까이할수록 멀어지는 느낌이 싫어
오늘도 회피한다
멀어지면 가까워질 거란 헛된 희망 속에
오늘도 기다린다

만남 뒤에 이별을 걱정하고
이별 뒤에 만남을 기대하는 모순된 자아
지금을 누리지 못하는 어색한 사랑

예정된 이별인 듯 자포자기하며
그 속에서 슬퍼한다

사랑을 지키려고 힘겨운 시간을 보내는 게
순정일까?
한심한 걸까?

자존심 /

내가 문제라고 하는데
인정하기 싫다
나는 니가 문제 같은데…

그냥 하는 소리에도 노이로제 반응을 보인다
팽팽한 긴장감
먼저 사과하기 싫다

하지만 난 약자다
내가 더 사랑하니…

자존심과 사랑이 싸운다

소외감 /

여럿이 있지만 혼자다

그들의 세상에 합류하지 못하고 주위만 서성거린다

웃고 있지만 재미없다

혼자 남겨질 거 같아 맞춰 보지만 나를 안 쳐다본다

들이대지만 역시나 외톨이다

맞추려 할수록 계속 작아진다

무언가 갈구하는 눈빛을 보내지만

그 눈빛을 뿌리치는 눈초리들…

아무렇지도 않은 척한다

내가 소심한 건지…

사람들이 나쁜 건지…

새벽의 망상 /

생각이 지멋대로 돌아다닌다

어디로 가는지

언제 끝날지

잡히지도 않는다

누가 좀 잡아줬으면…

눈을 떠도 감아도 괴롭히는 망상

무방비적으로 그저 따를 수밖에

나보다 나를 더 사랑해 줄 사람이 있으면

망상도 혼란도 사라질 거 같다

나와 같았으면 1 /

즐기는 감정에 익숙하지 않다

즐거운 감정에 익숙하지 않다

사람들과 어울리는 게 익숙하지 않다

그와만 있고 싶고 즐기고 싶다

그도 다른 사람과 안 즐겁고 안 즐겼으면 좋겠다

나처럼…

하지만 그는 나 없이도 뭐가 그리 즐거운지

나랑 따로 논다

나를 사랑하는 것과 나와 있고 싶은 건 다른 건가 보다

뱀 /

그가 나를 만졌다
그는 파란 뱀으로 변해
나를 감는다
내 혀에 독을 주입하고 아득하게 정신을 마비시킨다
이제 나는 그의 먹이다
그는 나를 한입에 삼킬지
꽉 쥐어 숨통을 서서히 조일지 고민을 한다

점점 조여지는 황홀한 아픔에 나는 작은 신음을 낸다
심줄은 팽창하고 혈액이 과열되고 눈은 튀어나온다
나는 발버둥 치지 않고 기꺼이 아름다운 희생을 한다
그는 내 숨이 끊어지기 전 "헉" 하고 소리를 낸다

정지된 사랑 /

곁에 없으면 외롭지만

있어도 외롭다

거기에 공허함까지…

나의 기대와

당신의 무관심

그리고 한숨…

현실이 싫어 선택한 다른 삶도

똑같은 반복

지치다

결국

내가 변하지 않는 한

반복적인 생활 패턴은 계속된다

사랑할 힘이 없다

거저 얻어지는 사랑이 있었으면 좋겠다

연필을 깎다가 /

채색되어 버린 기억
문득 학동기 소년의 눈빛으로
사각사각 떠오르는 추억을 자른다

너무도 쉽게 낙하하는
부스러기의 아픔마다
아쉬운 추억 하나씩

호흡기 환자의 마지막
호흡처럼 소중하게
그리 길지 않은 고백성사의
의미처럼 진실하게
조심조심 나의 시간을 잘라도
너무도 빨리
나의 순박함은
한낱 부스러기 되어 흩어진다

예리해진 속심이 나의 마음인 양

더욱 뾰족이 나를 향하고

하얀 침에 더욱 짙어지는 목탄인데도

이젠 그저

목말라 애타는 모습을 안타까워하며

나도 그만큼 목말라 간다

이상한 두 사람 /

내가 이상하다고 하는 그가 이상하다

나는 나쁜 남자의 희생양 같은데
그는 내가 나쁜 남자로 만든다고 한다
내가 이상한 건가
그가 이상한 건가
혼란스럽다

수혈 /

그대가 놔버린 사랑에

말라가는 내 영혼

내가 나를 어루만져줄 힘이 없다

모든 걸 그대에게 줘버렸기에…

힘들어하는 내 영혼을 수혈해줄 사람이 없을까?

구걸하러 다녀본다

하지만 안 나눠준다

더 상처받고…

점점 죽어간다

진실한 사랑을 수혈받고 살고 싶다

백지화 /

백지화하기로 함

말없이 드라이브하며 있는 것만으로 든든했던 기분도…

둘만 걷지만 세상이 꽉 찬 느낌도

아무 잡념 없이 방파제에 앉아 바다를 쳐다보며

옆에 있는 서로를 그리던 시간도…

눈 오던 날 차 문에 '멍청이'라고 쓰며 웃던 기억도…

배가 불러 하나 남은 떡볶이를 서로 먹여줬던 일들도…

같이 있을 땐 무관심하다 떨어져 있으면 불안해하고

통화가 안 되면 안절부절하던 마음도…

모두

모두

아무 일 없었던 것처럼

백지화하기로 함

차곡차곡 저금했던 사랑은 돈처럼 모이지 않고

절망이 아닌 슬픔으로 승화시켜야 하는 고달픈 숙제만 남기고 너무

쉽게 사라졌다

이별이 낳은 허무는 넝쿨처럼 나를 감고는
꼼짝 못 하게 한다

숨죽이는 시간
무관심한 시간
무의미한 시간
시간조차 나를 버리고는 무심하게 떠난다

그대가 떠난 후 /

아무리 마셔대도 몸만 취하는 허탈함

허공에 대고 외쳐봅니다

바보야~

외쳐도 외쳐도

그려도 그려도

트이지 않는 가슴

그리움

그리고 원망

어떤 유혹에도 물들지 않는 건

그대의 취향에 길들어 버렸기 때문인가…

어떤 사랑에도 문을 꽉 닫는 건

그대가 다시 올 거란 한 가닥의 기대감 때문인가…

그대의 자리를 차지할까 봐
어떤 누구도 안 받아들인다

애써 잊으려 다른 사랑을 시도하지만
또 다른 혼란뿐

그대가 떠나간 뒤
내게 오는 모든 즐거움이
덧없게만 느껴집니다

분노 /

그대가 버린 나는 세상을 버렸다

내 안엔 내가 없다

눈물도 없다

냉정함뿐

철저히 나를…

세상을… 왕따시킨다

거울을 본다

나마저 내가 보기 싫어진다

거울을 깬다

하나도 안 아프다

차가운 눈초리

긴장된 분위기

상관없다

이별 후 아침 /

간밤에 외롭고 잔혹한 꿈들과 숙취로
여러 겹의 신경이 얽혀
흙탕물에 던져져 아우성치는 아침
주섬주섬 겨우 정리해 대충 정리해 놓고 멍하니 아침을 맞이한다
조금 남아있던 낮은 자존감은 아예 바닥을 치고
섭섭함의 기억은 뜬금없이 찾아와 나를 불쾌하게 한다
쌓아놓지 못한 나의 신뢰는 떠난 사람만 원망하며
아침마다 나를 학대한다
차가운 냉기를 품고 시작되는 아침마다
등 돌렸던 감정들이 하나씩 찾아와 무기력에 빠진다

처참한 아침이 와도
어김없이 몸은 하루의 노예가 되어
수동적으로 하루를 시작한다

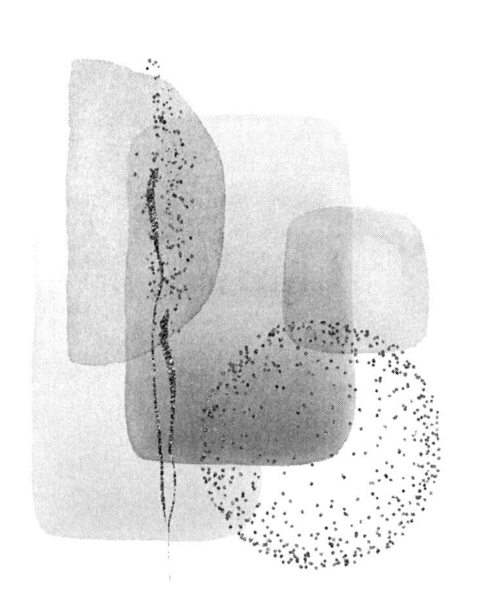

♦

2부

방황

강박증 /

머리가 뛴다

초대도 안 했는데 생각이 몰려온다

언제부터인가 내 의지와는 상관없이 생각이 벽을 쌓는다

내가 나를 못 지키는 걸 알고 방어벽을 쌓고 있다

피해의식으로부터의 방어벽

상처로부터의 방어벽

절망으로부터의 방어벽

내가 안 다치게…
방어벽을 친다

이젠 안전한데도

쉬고 싶은데도 자꾸 방어벽을 친다

이중감정 /

헤어질 땐 이겨낼 자신이 있었지만 갈수록 힘들어진다

세상이 불합리하다

아픈 만큼 성숙한다는 말로는 위로가 안 된다

그래서 술을 마시고 전화를 했다

"네까짓 게 뭐냐고!

사람 갖고 장난치냐고!

천벌 받으라고!

나쁜 새끼!"

라고 말하고 싶었지만

"행복하라고…" 말해 버렸다

분노는 속으로 울부짖지만

사랑이 분노를 눌러 버렸다

제주 가는 비행기 안 /

허둥지둥 지친 몸을 두둥실 구름에 맡기니
덧없는 하품은 눈치 없이 눈물을 뿜고
흔들어주는 요람 속 살랑거림에
눈꺼풀은 엷은 천을 드리우고
회색빛 속세는 순수한 하늘빛에 물들며
잠시 할머니 품에 잠이 든다

삶이 의미 없다 두려울 게 없다 큰소리치지만
순간 휘청하는 흔들림에 심장이 내려앉으며
죽을 만큼 살고 싶어진다
억척스러운 척 다가오는 제주 섬은
가까워질수록 아기자기 여린 속 보여주며
안도의 미소를 지어준다

불편이란 /

시간이 안 간다
앉아 있지만 내 자리가 아니다
하고 있지만 내 일이 아니다
갖고 있지만 내 것이 아니다
벽 하나가 나를 막고 있다

웃고 있지만
상대방 본성의 매정함을 인지하는 순간 나도 매정해진다
그리고 마음을 닫아 버린다
겉은 아무렇지도 않은 척 평화롭지만
머리는 계속 돌아간다

낚시 /

멍하니 있기 뻘쭘해 낚싯대를 드리운다

툭툭 미끼만 빼먹고 놀리는 고기도 아랑곳 않고

빈 낚싯대를 잡고 초점 없이 먼 바다만 응시한다

바다는 파랗고

물고기는 노닐고

사람은 고뇌하지만

저 멀리선 그저 아름다운 자연이 된다

모순 1

강해지지도 못하고
타협도 못 하면서 괴로워하는 건 욕심 때문인가 보다
관리를 게을리한 대가에 몸은 불어만 가는데…

순리를 존중한다면
굳이 바득바득 애쓰지 않아도 될 것을
자연스러움을 가장 부러워하면서도
내 틀에 박혀 고집 피우는 건
나를 위하는 걸까?
해하는 걸까?

나의 고정관념에 맞게 판넬로 만들어 안고 힘들어하는 건
어쩌면 아무리 울어도 내 마음을 헤아려주는 사람이
없어서인지도 모른다

감정 지휘하기 /

무능력감을 주면 받지 말자
무력감이 오면 느끼지 말자
감정을 지휘하는 건 나니까

피해의식일 수도 있는 내 감정에 속아서도 안 되지만
다른 사람에 맞추려 내가 힘들어질 필요는 없다
나 외에 어떤 누구도 나를 좌절시킬 순 없다

그걸 알면서도 지금 내가 느끼는 감정이 나쁘고 슬픈 건
지휘를 못 하기 때문이다
난 형편없는 지휘자다

집착 /

'관심'이라는 핑계로

'간섭'했던 너

너의 불안전한 자아를 나에게 투사하며

마치 나를 보호하려는 듯 애썼지만

그건 결국 서로를 죽이는 일

성숙하지 못한 너의 사랑에 난 아파하고

넌 더욱 불안해하고…

그런 네가 안타까워 결국 너의 미성숙한 사랑에 항복할 때

넌 떠났지

너의 집착에 길들여진 나는

그것도 사랑이었다고

아파하고

상처받고

책임지지도 못할 거면서 나를 흔들어 놓은

네가 죽이도록 밉지만 보고 싶다

의무감

감정과 현실이 다르게 논다

감정은 혼자 있으라 하고
현실은 같이 어울리라 한다

감정은 우울한 마음을 슬퍼하고 속상해하지만
현실은 마음 약한 소리 하고 나무란다

감정은 훨~훨~ 떠나라 하고
현실은 꼼짝하지 말라고 옭아맨다

감정은 하기 싫어하지만
현실은 적응하라 한다

앉아 있지만 이 자리가 싫다

‘일’보다도 ‘같이’란 게 싫다

하지만 도망 안 가고

비수같이 꼿꼿하게 앉아 있다

바보이고 싶다 /

홀로 방황하고

홀로 고민하고

홀로 생각하고

홀로 외로워하고

기쁨 속의 허무는 길고 허무 속의 기쁨은 잠시뿐…

열등감으로 똘똘 뭉친 자아를 한탄하면서도

변화는 두려워한다

부딪혀 보지도 않고 더 이상 다가갈 용기도 없어

속으로만 애태운다

조금의 절망감도 이겨내지 못하는 주제에

희망은 꿈꾼다

어두운 정상인보다

밝은 바보이고 싶다

악마의 유혹 /

오랫동안 내 안의 힘든 감정을 간과한 대가로

점점 힘이 빠진다

힘 빠진 자리에 악마들이 허락도 없이 몰려온다

회의감…

배신감…

좌절감…

분노가 떡하니 자리를 잡고는 멋대로 살라고 유혹한다

나를 향한 분노인지…

세상을 향한 분노인지…

악마는 나에게 화를 내라 한다

난 고민한다

악마들을 이겨낼 힘도 없지만 같이 갈 마음도 없다

지금 내가 할 수 있는 건 아무것도 없다

악마들이 나가길 기다릴 뿐…

길들여짐 /

그대가 떠나감은

그냥 혼자 떠나감이 아니었습니다

내 마지막 희망, 삶의 의미, 영혼의 안식처까지

가져가는 잔인한 행각이었습니다

사랑하니 보낸다는 말이 더 비겁합니다

모든 걸 맡긴 내가 상처받고

모든 걸 버린 그대는 담담한 건 불공평합니다

아름다운 추억 속의 여자가 아닌

각박하지만 현실 속의 여자가 되고 싶었습니다

평온한 순리를 깨고 들어선 시련이

내게 주어진 몫이라면

시간에 가슴을 맡기고 내게 심어준
기교를 하나씩 떨쳐버려야겠죠

왜 당신이 길들이고
내가 길들여져야 하는지…

피해의식 /

가족들이 나를 한심하게 쳐다본다
친구들이 나를 비웃는다
동료들이 나를 무시한다
속으로…

불편하다
아무도 나를 이해해주지 않는다
내 편은 없다
하루에도 몇 번씩 그냥 눈치만 본다
꾸~욱~ 참고 생활한다

당장 엎어 버리고 모든 걸 놓고 훌훌 날아가 버리고 싶지만
책임감이… 더 큰 조롱이 나를 막는다

가슴이 답답하다

우울하다

화가 올라온다

입 무거운 누가 내 말 좀 들어줘요

잡념 /

애벌레가 기어다닌다
머리에서…
긁어도 긁어도 시원하지 않다
감아도 감아도 근질거린다

나를 잠시도 가만두지 않고
기어다닌다
모두 뽑아 갈아버리고 싶다

패배자 /

아니라고 아니라고 속으로 부정하지만

패배자다

~때문이라고…

~나를 찾아서 선택한 삶이라고 합리화해보지만

패배자다

보여지는 것과 물질이 중요한 세상에

적응 못 하는 패배자

못 따라가는 패배자

우울한 패배자

남은 거라곤 그냥 비실거리는 몸뚱이 하나

보여지는 세상의 패배자는

보이지 않는 세상의 성공을 꿈꾼다

지옥 /

뭘 바라는가? 행복한 건 뭘까?

회의감이 든다

타협도 안 하고 표현도 안 한다

그냥 먹고 자고 숨만 쉰다

그냥 나로 살고 싶은데 뭔가 억누른다

그냥 받아들이면 되는데

그게 안 된다

희망도 없고 용기도 없다

세상이 무섭다

현실이 불행하다

수상하다

느끼하다

더럽다

혐오스럽다

내가 편하면 세상도 편한 것

내가 불편하면 세상도 불편한 것

알면서 왜 편하지 못하지?

난 지금 지옥에 산다

착각 /

너에게 맞추다 보니 내가 사라졌어

널 잃을까 봐 전전긍긍하다 날 잃었어

난 바보처럼 날 지키지 못했어

니가 지켜줄 거란 착각에…

결국 너도 잃고 나도 잃고…

다시 일어나려 해도 잘 안돼…

너의 취향에 너무 길들여져서…

너를 믿은 대가는 결국 나를 파괴하고
내 영혼을 좀먹는다

이렇게 만든 니가 밉지만
이런 내가 더 싫다

줄 /

어느 겨울날 밤
절망감에 몸서리치게 앓아눕고는
갑자기 “팅” 하면서
정신줄이 끊어졌다
순간 내 몸은 움직일 수 없었다

그 소리는 세상과 끊어진 줄이었다
사람들과의 단절이 시작됐다
안의 에너지가 밖으로 우루루 가출했다
그리고 곧
분노
좌절
고립감
고독
우울이 몰려왔다

운둔이 시작된다

끊어진 줄을 이어야 하는데

어떻게 이어야 할지 모르겠다

누가 좀 이어 줬으면…

화 /

어디에서 오는 화인지
다른 사람에게 못 낸 화가 내게로 온다

말 섞기 싫어 회피한 사람이면 잊으면 그만인걸
잊지도 대항도 못 한다

다른 이에게 낸 화가 나에게 올까 봐
화도 눈치 보다 다시 삼킨다

받은 화를 적절히 전환도 못 해
꾹꾹 눌러 참는다

그리곤 나를 학대한다
바보 같다고…

참고 못 나간 화가 나를 괴롭힌다

사직 후 /

아침에 눈을 뜨면 하루의 일과처럼 잔잔히 밀려오는 후회감

더 버틸걸…

버려도 버려도 아쉬움이 남는 이유는 뭘까?

모든 합당한 이유를 다 대서 나의 선택에 합리화를 시키지만 결국

나의 판단을 내가 못 믿고 실망한다

분노인지 약한 심장인지 뛰는 가슴을 다스리지 못한다

그리곤 나를 비난한다

선택에 대해 확신도 없으면서

이게 뭐냐고…

후회할 거면서

이게 뭐냐고…

그렇게 외쳐대던 내면의 평화도 못 찾으면서

이게 뭐냐고…

스스로 일어설 용기도 없으면서

이게 뭐냐고…

나에게조차 버림받은 난 갈 곳이 없다

감정이입 /

사랑이 뭔지 모르는 사람과 사랑을 했다

사랑했기에 그의 우울한 생각, 감정까지 같이 느끼고 위안을 주고 싶었다

그의 웃음기 없는 고독이 불편했지만
나의 밝음으로 그를 안고 싶었다

하지만 그는
내가 이러는 게
자신을 통해 안정감을 찾으려고 한다고 말했다

그의 생각은 틀렸다
내 사랑을 왜곡했다
난 무너졌다

지금

그는 없고 그의 감정만 남아있다

심각, 우울, 고독…

그가 없는 것보다 내 사랑을 왜곡한 게 더 힘들다

벗어나고 싶지만

이미 내 마음 구석구석 배어버린 그의 자취…

난 점점 그를 닮아간다

회피 /

이별의 아픔보다 무서운 분노
분노보다 무서운 절망
절망보다 무서운 혼란
혼란보다 무서운 무의미
무의미…
이 감정을 들킬세라
다른 삶에 끼여 아닌 척 살아보지만
여전히 나는 나를 못 속인다

이런 감정이 싫어 회피하려 하면 할수록
자꾸 나를 알아 달라고 아우성친다

나는 계속 모른 척한다

희생양 /

세상 모든 책임감은 다 떠안는다
세상 모든 양보는 다 떠안는다
세상 모든 죄책감은 다 떠안는다
세상 모든 불행함은 다 떠안는다
세상 모든 겸손은 다 떠안는다
세상 모든 양심은 다 떠안는다
안 그래도 되는데

그러다 보니 세상이 나를 희생양으로 삼았다

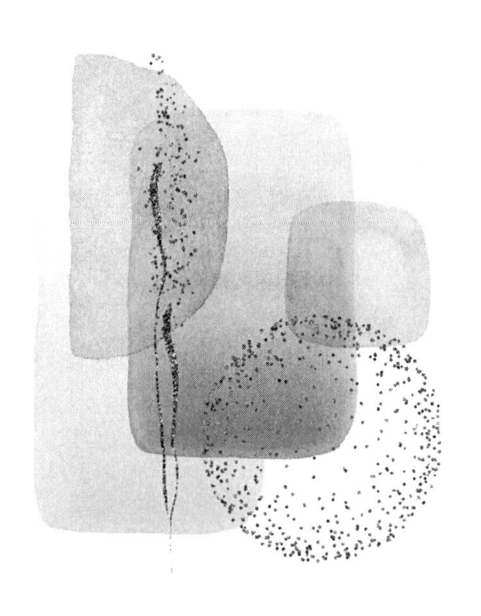

♦

3부

용기

가면 /

철저한 외톨이가 나을까?
죽음이 나을까?

무의미로 사는 게 나을까?
죽음이 나을까?

억지로 살라 하니 가식이 따르고
내 멋대로 살라 하니 세상이 거부한다

가면 안에 일그러진 얼굴
일그러진 얼굴 안에 일그러진 마음
그게 들킬세라 더욱 완고하게 가면을 가다듬는다
그 가면을 쓰고 세상을 맞춰 산다

가면을 벗어 던지는 날
평화로운 얼굴과 마음이 돌아오는 날은
어쩜 '지금'인지도 모른다

불행 중독자

건강한 몸

웃는 얼굴

맑은 공기

멋진 풍경

맛있는 밥은 당연한 것이고

나쁜 일은 금방 받아들이는 난 불행 중독증 환자

내 병명은 절망증

악화될 때마다 내 마음은 온통 지옥

그래서 긍정병원에 가서 약을 처방받았다

소소한 즐거움에 행복을 느끼는 약

먹고 자고 싸는 것에 감사하는 약

걷고 보이고 느끼는 것에 감사하는 약

작은 들꽃, 내리는 비,

부는 바람에 심취하는 약

병은 조금씩 호전된다

느끼는 것과
느끼고 싶은 것의 차이

사랑은 없다

단지 믿고 싶을 뿐…

행복은 없다

단지 느끼고 싶을 뿐…

불행 또한 없다

단지 느끼는 것일 뿐…

절망 또한 없다

단지 느끼는 것일 뿐…

사랑도

행복도

느끼고 싶은 게 아닌 느끼는 것

가식 /

몸은 정상인데 마음이 아프다

아니지만 “네!”라고 한다

솔직할수록 사람들이 어려워한다

그래서 자신을 감춘다

‘여기’에 있지 못하고 자꾸 ‘거기’에 가 있다

저 깊은 곳 나를 들어내고 인정할 때

세상도 나를 인정한다

알지만 들어낼 용기가 없다

충고

너는 나와의 자연스런 대화보다
사랑을 확인해보는 질문을 더 많이 했고
나를 있는 그대로 인정해주기보다는
날 바꾸려 노력했어

난 힘들어했지만 넌 아랑곳하지 않고
그런 나를 더욱 숨 막히게 했어
왜 그랬니?
너나 고쳐
사랑하는 걸 그렇게 표현하니?
소유욕으로 인한 집착이야

그런 너가 답답했지만 그래도 널 믿었어

날 사랑하는 거라고…

그런데

너에게 길들여진 나를 두고 넌 떠났어

너에게 맞추느라 난 나를 잃었어

넌 언제 그랬냐는 듯이 또 다른 사랑을 하는구나

그래~

사랑할 수 있듯이 이별도 할 수 있어

하지만 사랑인지 집착인지 구분을 해

그런 사랑은 또 다른 불행의 연속이야

사람 자체를 '소유'가 아닌 '믿음'으로 봐봐

그래야 진실한 사랑을 할 수 있는 거야

분열증 /

뒷머리가 땡겨온다
슬슬 기분이 나빠진다

감정이 이중적이다
무기력과 화
정신이 분열된다
세상과 타협하지도 독립적이지도 못하는 나처럼…

마음이 문제인지
머리가 문제인지
불행하다

설마
불행이 삶에 고착되어 익숙해져 버린 건 아닌지 의아하다 아무것도 없는 마음 상태가 있을까?

잡념 없이

두려움 없이

의심 없이

그냥 행하는 상태…

그날을 꿈꾼다

시계 /

내가 불행하든 행복하든 아무 관심 없이 흘러가는

시간이 야속하다

잠시 멈춰 같이 울어주지도 웃어주지도 않는 무정한 시간

즐거울 땐 빨리 가면서 내 행복을 줄이고

불행할 땐 천천히 가며 약 올린다

어떠한 일에도 흔들림 없이 꿋꿋하게 지나가는

누가 뭐래도 앞만 보고 걸어가는 똑딱이

가끔 시계가 부럽다

존재감 /

완벽함은 인정욕구가 우는 소리

존재감이란 완벽함에서 나오는 게 아닌

'있는 그대로'에서 나온다

무념 /

한때 무념의 시기가 있었다
편하고 행복했다

하지만
누군가 슬그머니 들어와서는 나의 정신을
서서히 밟아 놓았다
난 눈치채지 못했고 정신을 지키지 못했다
그래서 불안과 강박에 시달렸다

그 후로 난 무념일 수가 없었다
나를 방어해야 하기 때문에…

언제 올지 모르는 상처에 대비하느라
잠을 잘 때도 나를 지켜야 했다
기나긴 밤이 지나고 초췌한 얼굴을 보고 나서야
무념이고 싶었다

방어를 다 놓고 싶다
다시 상처를 받더래도…

이중인격 /

의식과 무의식이 일치가 안 된다
혼란스럽다
의식은 자존심 세우고
무의식은 불안에 떤다

이젠 나도 잘 모르겠다
언제가 가장 편한지
좋아하는 게 뭔지
어떤 게 옳은 선택인지
지금 길이 내 길인지

하지만 안 그런 척 산다
일치감을 찾는 방법은 모르지만
이중적인 내 안이 정화가 필요하다

내가 할 수 있는 일은

지금 이대로의 나를 사랑하고

받아들이는 연습이다

그리고

무의식의 조용한 울음에 귀 기울이자

하나라는 착각 /

안 맞는다는 이유로 서로를 바라보며
마음 아프게 할 건 없다
둘인데 하나가 될 수 없다

그 삶은 그렇게
내 삶은 이렇게
나름대로 존중되어야 한다

사랑의 가장 큰 착각은
나를 이해해 줘야 한다는 거…

이해 못 한 부분은 이해 않고 넘어가도 된다
자신의 기준이지 상대방의 잘못이 아닐 수도 있기 때문이다

자신의 기준에 맞추려
상대방을 고치려 하면
그건 너무 이기적인 욕심
결국 ‘하나’라는 착각이 서로를 힘들게 한다

그냥 내버리지도
보내지도 못하면서
‘사랑’이라는 명목에 상대방을 옭아매며
전전긍긍한다

울고 나면 이해심이 커질까?
싸우고 나면 정이 깊어질까?
자신이 무력한 게 상대방 때문일까?

하나 되기 위한 헛된 몸부림에 지치는 삶이 아닌
아쉽지만 둘을 인정하는 편한 삶이 현명하다

외로움과 방어 /

심장이 막 뛴다
불안하다
세상과 뚝 떨어진 외로움이 갑자기 온다
밑도 끝도 없이 나약해지고
의지할 곳도 잡을 곳도 없다

해결되지 못한 분노가 부른 또 다른 분노는
눈치도 없이 방어력을 더욱 단단하게 만들고
더욱 고립시킨다
틀이 단단해질수록 외로움은 더욱 커진다

방어하면서도 외로움이 싫은
내가 불쌍하다
안쓰럽다

비 오는 날 /

시원하게 내리는 비
나무의 뿌리까지 다 들어가 갈증을 풀어주지만
내 갈증은 못 풀어준다

모든 것을 다 젖혀주지만
내 메마른 감정은 못 젖힌다

땅의 구석구석 자기 맘대로 다 흘러가지만
내 맘은 못 가진다

난 비보다 한 수 위다

무가슴 /

사람들이 만들어 놓은 규범에 의구심을 품지만

오늘도 그냥 열심히 따라 산다

나는 없고 사람들만 있다

점점 좋은 것도 싫은 것도 구별 못 한다

무의미가 싫어 무가슴으로 산다

살기 위해 사는 삶이 아닌

사는 게 행복한 삶이고 싶다

…

인정받는 일 /

인정받는다는 건

기분이 좋다

그 기분을 계속 느끼려 오늘도 노력한다

그럴수록 '마음'과는 멀어져 가지만

내 거니까 상관없다

.

.

.

.

.

하지만

인정받을수록 공허해진다

채울수록 부족함이 든다

왜일까?

나를 찾는 길 1

갈잖은 오기로

강한 순수를 무시할 때

기분이 나쁘다

그냥 순수하면 될걸

강하고 충실하려 애쓸까

아니면 아닌걸

굳이 믿으려 노력한다

용기가 없다면 포기가 편할걸…

주관적 생각으로 모든 걸 판단한다면

그건 착각

내 안의 끼가 나의 이성을 누른다

나를 학대하는 모든 감정들을 뿌리치고

떳떳이 살자

내가 될 때까지…

나를 느낄 때까지…

죄를 지어 생겨난 죄책감이 아닌

남이 만들어준 죄책감에 괴로워할 건 없다

바람 /

나를 여행을 잘하고 즐길 줄 알게 만들어 줬음 좋겠다

나를 잘 꾸미고 다니게끔 만들어 줬음 좋겠다

나를 성격이 밝게 만들어 줬음 좋겠다

나를 취미생활을 잘할 수 있게 만들어 줬음 좋겠다

나를 다이어트와 피부관리를 잘하게 만들어 줬음 좋겠다

나를 개발하고 지성을 쌓을 수 있게 만들어 줬음 좋겠다

내가 하고 싶은데 하기 힘든 것을

그 사람이 하게끔 만들어 줬음 좋겠다

가짜 욕구 /

순수를 무시하며
여러 마음을 이해하려고 뛰어다닌다

부정적인 이의 마음도
음란한 이의 마음도
계산적인 이의 마음도 받아들이며 가짜 미소를 짓는다

목적은 이루어지는 듯하지만 행복하지는 않다
마음은 병들고 겉은 풍요롭다

그걸 그저 바라보는 슬픈 눈 하나…
그 눈빛은 말리지도 옹호하지도 않은 채
그저 바라만 본다

포기의 힘 1

안정감이 파괴된 피해의식 속인 나를
사랑으로 이끌다 놔버린 사랑
아픈 상처 속에 방황하는 감정 속에서도
'혹시나'란 희망을 가져본다
결국 헛된 기다림 속에 난 더욱 황폐해진다

그래…
이제는 그 사랑을 접고
낮은 자세
현실적 용기로
삶의 끈을 이어 가리…

자기만족으로 날 사랑하고
자기 불편함으로 다시 놔버린 이기적인 사람이라면
결국 자기만족에 목말라
한숨으로 세상을 살아갈 것을…

어떤 변명으로 사랑을 중지했다면
어떤 변명으로 자신을 포장하며 살아갈 테지…

울먹이는 내 영혼을 추스르고
이제는 살자
두려움 없이

지금 나의 가장 큰 용기는
그 사랑을
'포기'하는 것

반항심 /

의무감만으로 무장한 삶으로

내 빛은 점점 잃어간다

점점 희미해져 가는 열정…

겁쟁이가 되어 현실에 안주하며 편안함만을 찾는다

구역질 난다

내 안의 억눌렸던 욕구들이

서서히 반기를 든다

솔직하게 살라고…

더 이상은 못 봐주겠다고…

내 가슴은 '나'로 살라 하고

세상은 '너'로 살라 한다

억눌려 있던 욕구와
길들여진 의무감이 서로 싸운다
그 안에서 난 고뇌한다

옳은 삶보다 행복한 삶을 살고 싶다

도망자 /

도망 다닌다
몰래몰래
안 들키려고 조심스럽다

잡으려 하면 안 잡히고
만나려 하면 회피한다
잘도 숨는다
따뜻이 감싸주려 해도 도망 다닌다
어쩌다 직면하면 안 힘든 척 연기한다

나를 피해 내가 도망 다닌다

아무도 못 믿는다
나조차도
맘을 내려놓을 곳이 없다

◆

4부

수용

변화 /

세상에서 가장 힘든 것은 상대를 변화시키는 일이고
더 힘든 것은 자신이 변화하는 것이다
그래서 더 위대하다
하지만 아이러니하게도
상대를 변화시키는 것보다 자신이 변하는 것이 좀 더 가능성이 높다
어떤 걸 선택할지는 자유지만…

결혼생활 /

사람은 포기하지 말고

사랑은 포기하자

다른 성향 /

지독한 진지함이 나의 목을 조른다
지독한 꼼꼼함이 나의 가슴을 짓누른다
나의 생각과 다르게 그 길을 가라 한다

점점 관계가 아닌 목적으로 세상을 바라본다
침울해진다

나의 성향이 울부짖는다
"때려치우라고…"

진지한 사람이 아닌 편한 사람이고 싶다
꼼꼼한 사람이 아닌 편한 사람이 되고 싶다

나랑 다르다고 이상한 건 아니다
맞추라 할 때 그냥 싫을 뿐이다
그는 그대로
나는 나대로 존재하면 된다

언제까지 /

언제까지 때만 기다릴 건데…

언제까지 실망만 할 건데…

언제까지 원망만 할 건데…

언제까지 불평만 할 건데…

언제까지 기다리기만 할 건데…

언제까지 생각만 할 건데…

언제까지 조건만 탓할 건데…

언제까지 먹기만 할 건데…

답답한 건 세상이 아니라 나다

기다리지 말고 기대하지 말고 스스로 개척하라

고근산에 앉아 /

부질없는 삶도 삶이라고 놓지 말라고 회초리 바람이 차갑게 때린다

넋 놓은 느슨해진 정신 사이로 빠져나온 추억들을

몽기몽기 주워 가슴팍에 도로 담아주고는 꽉 쥐라 한다

의미 없다고 식어버린 가슴도

훅 올라오는 온기에 잠시 희망을 품는다

배신감

이별이 힘든 건 배신감 때문이다
그 사람을 못 잊거나 함께한 추억이 괴로운 것도 있지만
가장 사랑해주던 사람이
더 이상 나를 원하지 않고 필요하다 않다는 것은
너무 모욕적이고 자존심이 상해 인정하기 싫은 것이다
결국 배신감은 자신에게 투사하는
모욕감의 또 다른 표현일 뿐이다

하지만 자신의 존재가치와 혼돈해서는 안 된다
이별은 사람이 떠난 것이지
나의 가치와는 상관이 없다

경험 /

새벽별을 바라본다

같이 빙글빙글 돈다

어지럽다

평화롭다

울고 싶다

외롭다

기분 좋다

무섭다

나를 찾는 길 2

가치관이 흔들려 방황 속에 허덕일 때

너무도 약한 내 모습을 볼 수 있었다

인정받으려는 건

결국 자신을 속이는 것을…

한때 외로움이 싫어

나를 포기할 때

내 마음은 조용히 흐느끼고 있었다

자신에게 귀 기울일 때 세상은 내게 오고

외로움 또한

가슴 깊이 공존해야 하는 걸 알았다

잡념 2 /

애벌레가 조금씩 움직임이 둔해졌다
꿈틀거림이 덜해진다
머리가 덜 간지럽다
거울을 봤다
애벌레 기어간 자국
굵은 자국
초췌한 얼굴
몰골이 말이 아니다

애벌레는 언제 나비가 되어 날아갈지…

예례바닷길 /

갑갑한 가슴 말기려

짜디짠 마늘밭길 걷다보면

소라흙 냄새가 억센 바람에 섞여

'버티라 버티라'고 속삭인다

멍때리다 찰싹 한 대 얻어맞은 바윗돌은

흩어지는 눈물을 뿌리며 같이 울어주고

풀어헤친 돌담길은 바닷물에 취해

구불구불 길을 내며 춤을 춘다

니 탓 내 탓

니 것 내 것 따지던

꽉 조였던 가슴도

덩달아 풀어지며 룰루랄라 춤을 춘다

관계 /

이해하는 것과 맞추는 것은 다르다
힘듦이 지속되면 사랑이 아니다
너무 좋은 것도 계속 노력해야 하는 것도 사랑이 아니다
좋은 것은 사라지고 노력은 지치게 마련이다
관계는 그냥 자연스럽게 흐를 때 가장 빛을 발한다
그 자연스러움을 무미건조함으로 생각하고
사랑이 식었다고 의심하면 안 된다

중요한 것은 갈등원인이
자신의 정신적 결함으로 인한 것은 아닌지
생각해봐야 한다

분명 자신도 모르는 이성에 대한 또는 사랑에 대한
왜곡된 상이 있기 때문이다

상대방 자리를 인정하고

마음에 안 드는 성향이나 취미도 눈감아 줘야 한다

관계는 기대를 내려놓은 데부터 시작된다

감정과 생각 /

내가 만든 감정이 아니다

그러니 투쟁하지 않겠다

내가 만든 감정이 아니다

그러니 속지 않겠다

내가 만든 감정이 아니다

그러니 휘둘리지 않겠다

그냥 받아들이되 흔들리지 않겠다

내가 책임질 건 '어떻게 생각하느냐'일 뿐이다

그리고 긍정에 대한 믿음뿐…

안녕 내 사랑 /

고맙습니다
당신과 함께한 시간
내 영혼의 가장 편한 안식처였습니다
이젠 영영
그런 느낌은 받을 수 없겠죠

그렇지만
이제는 보내야 할 거 같아요
당신과의 시간을 아름다운 추억으로 간직하고
싶지만 그냥 잊을래요
당신은 사랑을 준 게 아니라 내가 사랑이라고 착각한 거였으니까요

뚝 잘라진 나의 반쪽 가슴에 나로 채우고
나를 돌보고 웃으며
내 삶을 살게요

번뇌

조금씩 올라오는 번뇌가 불쌍해 자리를 내주었더니
이미 번뇌는 나보다 커져 나를 삼키려 한다
주인도 몰라보니 무례한 108악귀
할 수 없이 올라오는 번뇌를 하나씩 하나씩 바늘에 꿰어
강한 의지로 태웠더니
번뇌가 사라진 자리
무념으로 잠시 평화롭다

언제고 튀어나올지 모르지만
다시는 호락호락 다 받아주지 않으리

그저 /

나보다 더 생각이 깊은 사람

더 배운 사람

더 성격이 좋은 사람

더 자존심 강한 사람

더 편한 사람

더 이해심이 많은 사람

더 이기적인 사람

더 고집이 센 사람

더 독한 사람

더 정이 많은 사람

더 감정이 풍부한 사람은 항상 있다

끝도 한도 없는 사람들

그래서 비교하고 옳고 그르다는 싸움은 무의미하다

난 그저 거기에 끼여 흘러가면 된다

몸 /

머리카락은 머리를 지키는 수호자
얼굴은 내면의 눈치에 따라 변하는 방어막
몸통은 뜨거운 심장을 보호하는 매개체
배는 사랑 확인을 위한 터전
팔은 욕구충족을 위한 수단
두 발은 실행하는 하수인
몸은
생각에 따라 움직이는 종
감정에 따라 행동하는 종일 뿐…

오늘 지쳐 쓰러진 몸을 쳐다본다
쭈글거리는 손
벌렁거리는 가슴
지방으로 처진 배
아픈 무릎
그런 몸을 쓰다듬어본다

정신만을 편애한 나를 반성한다

늦은 관심이지만 그런 몸을 어루만지자

그래도 웃으며 반겨준다

내려놓음 /

사랑을 하며 항상 내려놓아야 한다
내려놓음은 더 큰 사랑이다
내려놓음과 포기는 다르다

내려놓음은 상대방에 대한 마음은 그대로 있고
자신이 변화하는 것이다
포기는 상대방과 자신을 다 접는 것이다

피카소를 보며 /

동적인 즐거움보다
정적인 외로움으로 살리
결국 내면적인 허무로 인정받은 이유는
거짓된 세상과 타협하지 않고
한 개인의 고뇌 울분 절망을
평화로 우뚝 승화시켰음이라

이념도 못 이긴 천진함
진실한 작은 주장이
드러난 큰 허상보다 강할 때
더 큰 가치로 가슴에 묻히고
그 진실을 믿으며
나를 맡기고 평화를 느낀다

가지지 못한 것들 /

나는 그 사람보다 많은 돈을 가지고 있지 않지만
그 사람보다 계산적인 머리도 갖고 있지 않다

나는 그 사람보다 따뜻한 배려심도 없지만
그 사람보다 심한 가식도 가지고 있지 않다

나는 그 사람보다 지식은 많지 않지만
그 사람보다 강한 강박적 사고도 가지고 있지 않다

나는 그 사람보다 큰 리더십도 없지만
그 사람보다 높은 인정욕구도 가지고 있지 않다

나는 그 사람보다 대인관계를 잘 이끌지는 못하지만
그 사람보다 큰 이중성도 가지고 있지 않다

나는 그 사람보다 적극적 쾌활함을 가지고 있지 않지만
그 사람보다 부정적이고 왜곡된 사고도 가지고 있지 않다

나는 가지지 못한 것들에 때론 감사한다

이별 정리 /

당신이 슬픔을 즐기며 한잔 술에 사람들과 웃고 떠들 때
난 절망감에 꿈쩍도 할 수 없었습니다
좌절과 상처로 생의 끝을 넘나들었으니까요

당신처럼
'슬픔' 그 자체로 끝나는 것도 그저 부러울 뿐…

슬픔은 술 한잔에 어울리며 잊을 수 있지만
생이빨을 빼듯
칼로 가슴을 도려내는 듯한 절망의 아픔은
그 어떤 걸로도 위안을 받을 수가 없었어요

당신은 지금도 슬픔에 의지하며 술 한잔 기울이고 있나요?
이젠 그 의지했던 슬픔이 당신의 일부가 되어버렸음 하네요

어쩌면 애매한 슬픔보다 확실한 절망감이 나은 거 같아요
밑바닥을 쳐야 다시 올라올 수 있으니까요

당신은 슬픔에 나약해진 만큼
난 절망감을 딛고 강해질 겁니다
그리고 앞으론 적당히 사랑할래요

삶의 중심 /

진리를 거부하면서 괜한 미련만 갖는 불안한 자아
"딱딱" 소리만 요란하고 '둥글둥글' 살지는 못한다

고마운 정에 쉽게 끌리고
가진 자를 한 번 더 보고
이익 앞에선 없는 마음 나눠주는 이중성이
내 인간성인가?
삶의 대처방식인가?

세속적인 내가 삶의 중심이라며 위풍당당할 거면
사나운 팔자도 감수해야 되는 걸

어리석은 나의 중심

흔들리는 나의 중심

이기적인 나의 중심

순수한 내가 중심 잡는 날엔

평화가 올까?

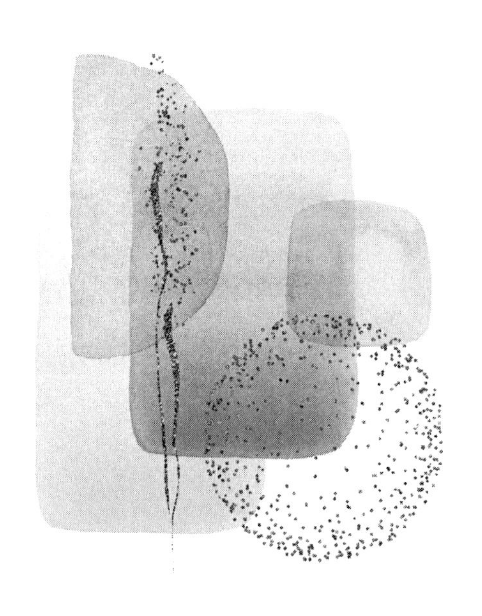

◆

5부
치유

한계 /

살다 보면 '이해할 수 없는 일'은 일어난다

그것을 이해하려고 애쓸 필요도 억지로 회피할 필요도 없다

그 파일을 우주에 맡겨버리고

그저 흔들림 없이 앞으로 나가면 된다

애쓴다고 고민한다고 일은 해결되지 않는다

지나간 일은 이미 지나간 일이다

감정이 동요를 일으켜도 그냥 놔두면 자연스레 사라진다

평정심을 유지하는 이유는

참는 게 아니라 행복하기 때문이다

선 /

사람의 감정에 일일이 연연할 필요는 없다
사람들의 마음은 변덕스럽기 때문에
이런 사람 저런 사람 다 맞추기는
벅차고 자신만 힘들어질 뿐이다

내 마음을 나누어 같이 행복할 수도 있겠지만
마음을 다 줘도 안 된다
절망이 찾아올 때 일어날 힘은 남겨둬야 하기 때문이다

주관을 가지되 모나지 않게 맞춰 나가면 되는 것이다
의도적으로 좋은 기분은 만드는 건 좋지만
의도적인 인간관계는 오래가지 못한다
그냥 한 발짝 뒤에서 사람을 바라볼 때
실망감과 상처 또한 없다

휴양림 1 /

스산한 바람이 먼저 와서 포옹하고는
축축이 내 몸 구석구석 애무한다
거부하려 움츠리지만
서서히 이슬에 취해 내 눈은 감기고
나무 숨결에 숨이 가쁘다
바람은 나의 머릿결 한올 한올 쓰다듬고는 강압적이지 않는
향취로 나를 쓰러뜨린다

하나가 된다
충족된 영혼…
충족된 자아…

나의 욕구에 못 이겨 이젠 내가 먼저 찾아간다

또 하나가 된다

나의 이성은 온데간데없고

정화되어 버린 가슴만 남았다

비운 마음과 무기력의 차이 /

비운 마음은 겸손하다

긍정의 에너지가 흐르고 누구나 들어오고 나갈 수 있게 문을 열어둔다

무기력은

스스로 부정의 에너지만 가득 쌓아 두고는 문을 꽉 닫아 버린다

소통의 흐름을 끊고는 제풀에 기가 죽는다

비운 마음은

일어난 일에 대해 "아~일어났구나…"라고 조용히 순응하고 수용한다 그러면서도 평화롭다

무기력은

일어난 일에 대해 "왜? 하필?"이라고 거부하며 좌절한다

비운 마음은

순간순간이 자유롭고 경이로우며 만족한다

그리고 사소한 것에 감사하고 행동한다

무기력은

불만과 세상은 자신을 해치는 적이라는 피해의식을 키운다

자신을 가두며 꼼짝을 못 한다

비운 마음은

계속 비울 줄 알고

무기력은

계속 채운다

내면 아이와의 만남 /

신기함으로

두려움으로

맞이하였던 너…

2일의 시간들…

몸의 움직임을 통해

격한 감정의 소용돌이 속에서

너를 만나러 갔지

내 어머니를 통해서

내 대립자를 통해서

너의 아픔과 마주했을 때

회피하고 싶었고

버리고 싶었지…

하지만

그 칠흑 같은 어둠 속에서도

너는 항상 함께였던 것을… 확인하고

나는 비로소 널 안았지

이제, 나를 넘는 시간들 속에서

때론 기쁨으로

때론 가엾음으로

때론 즐거움으로

때론 눈물로

모든 걸 같이 하자

그리고

'지금 이대로의 모습으로도 충분함'을

느끼며 나는 너와의 동행을 시작했다

평상심 /

감정을 현실과 잘 융화하려면

너무 자극적이지도

너무 온순하지도

너무 냉담하지도 않아야 한다

한때 평상심이 지루해서 감정과 손을 잡았다

그랬더니 요상한 감정들이 '이때다' 하고 치고 올라와

나를 지멋대로 조종하고는 혼란에 빠트렸다

이 감정 저 감정에 휘둘리는

꼭두각시가 되어 버렸다

황폐해졌다

세상에서 가장 큰 힘은

평상심이다

이별의 의미 /

이별의 의미는
무너짐이 아닌 우리가 모르고 있던
진정한 자신을 발견하는 계기인지도 모른다

만남이 인연이라면
헤어짐도 운명
그저 형식적인 책임감으로 하루하루 버티는
공허한 만남이 아닌~
모든 걸 포기했을 때 얻어지는 새로운 기회

어쩌면 회피가 아닌
'철저히 아파함'이 자기 사랑에 대한 예의이며
다시 일어설 수 있는 원동력이 될 수 있다

사람 마음 /

마음 없는 관계는 목적입니다
목적은 관계가 아닌 수단입니다
그래서 사람은 못 얻습니다
그 마음이란 게 신기하게도 척하는 건 다 알아챕니다
우린 마음으로 안 다가서면서 외롭다고 웁니다
그리고 상대방 탓을 합니다

사람을 얻기 위해선 자기의 마음이 깨끗해야 합니다
갖은 시기심, 원망, 기대에 차 있으면서 남을 대하면
오히려 있는 사람도 잃을 수 있습니다

아쉽지만

슬프지만…

자존심 상하지만…

모든 아상을 내려놓는 연습을 해야 합니다

그래야 마음을 비울 수 있습니다

비움은

자신을 위하고

좋은 관계를 위한 첫걸음입니다

휴양림 2 (새벽)

땡그랑 달이 검은 물에 샤워하고 하얗게 몸을 드러낸다

차갑게 몸을 떨며 서 있는 긴 쑥대 나무 사이로

부스스 엿보는 게

누구냐! 거기

떳떳이 서 있는 나무는 보초를 서고

정막에 아무도 침범을 못 하고 고요하다

침묵은 가끔 냉정한 정막에 바가지 긁지만

꿈쩍도 안 한다

찬란한 빛을 막으려 나무는 더욱 크게 몸을 펴지만

작은 새가 비웃으며 정막을 내쫓는다

휴식 /

신선한 공기가 맛있는 바람을 만나
좁아진 혈관 문을 비집고 들어와
뿔난 신경을 다독거린다

독기 어린 눈은 저 멀리 에메랄드빛 바다를 째려보더니 곧 잔잔한 호수가 된다
꾸밈으로 예쁘게 수놓았던 감정은
한 땀 한 땀 밀려오는 미운 복잡함에
길게 한숨을 쉬고는 조용히 바느질을 멈춘다

호흡은 돌아가던 머리도
정지시켜버리고 바람은 흔들의자 되어
'수고했다'고 내 등을 도닥거려준다
자연은 정신과 의사

현명한 선택 /

내가 힘들 때 그대가 떠나도
난 울지 않을 거예요
그대를 사랑 안 해서가 아니라
나를 더 사랑하니까요

내가 행복할 때 누군가 아픔을 줘도
난 받지 않을래요
아픔을 느낀다고 달라질 건 없으니까요

어떤 환경에서 오는 절망감도 사양할래요

나를 힘들게 할 수 있는 건
오직 나 자신뿐이에요

우주 /

한 사람을 떠나보냄으로 인해

난 모든 걸 잃었다

작은 행복, 작은 의미, 작은 희열, 작은 설렘

작은 마음은 지옥이 됐다

.

.

.

.

.

.

.

하지만 더 큰 우주를 얻었다

편한 사람 /

그 느낌을 사랑합니다
비굴하지 않지만 낮은 차분한 느낌을
혼란에 빠뜨리지 않는 일관된 느낌을

환경이나 타인이 힘들게 할 때
힘들어하는 나를 바라보세요
그저 바라보고
토닥거려 주세요

사람을 대할 때도
있는 그대로 '그냥' 그대로 바라보세요
그런 만남은 향기롭고 오래갑니다

자신의 가치수준은
그대가 상대방을 대하는 태도와 비례합니다

5월의 돈네코 /

아담한 집 한 채 뚝딱 만들고는
달달한 저녁을 짓는다
풀숲은 밥 연기를 내뿜고 까마귀들은 배달하기 바쁘다

간지러운 바람손길에 평상 거드름 피우다
나뭇잎 사이로 쏟아지는 별빛에 맞아 파아랗게 멍이 든다
적막은 혼자 무서운 척 다가오지만
방해받고 싶지 않은 기분은 모든 걸 수용해 버린다
모든 게 하나가 될 때
나도 없고 너도 없고 자연도 없다

.

새 알람이 울리고 나무 냄새가 몸을 간지럽히면
맑은 기지개를 펴고
또다시 달달한 아침을 짓는다

불씨의 위력

어두워서 불빛을 얻으러 다닐 필요는 없다
그냥 내가 먼저 빛을 밝히면
그 빛은 세상을 밝힌다

세상이 밝아져야 내가 밝아진다는 착각은
나를 더욱 캄캄하게 하고
내가 밝힌 불씨가 꺼져버릴 것이라는 불안감은
겨우 밝힌 불씨마저도 꺼져가게 만든다

비록 작은 불씨지만 소중히 다루고
불안감과 타협 안 했을 때
영원히 꺼지지 않는 아름다운 빛이 될 수 있다

행동 /

행동이 따르지 않는 계획은 아무 필요가 없다

완벽한 타이밍이란 없다

기회를 기다리는 것도 만드는 것도 어떤 행동을 했을 때 얻어지는 것이다

망설임은 두려움 때문이다

두려움은 완벽하려고 하기 때문이다

자신의 참 내면을 믿고 거기에 따르면

모든 걸 얻을 수 있다

진정한 용기란 '행동'이다

천국 /

기분이 좋다

그냥 좋다

봄바람에 살랑대는 예쁜 원피스를 입고

5살 아이처럼

잔디밭을 뛰어다니고 싶다

싱그런 봄볕을 내리쬐는

산자락에 차를 세우고

차창 밖으로 불어오는 바람을 손가락으로 느끼며

머리를 맡기고 한없이 자고 싶다

맛있는 도시락을 싸서 시원한 숲길 나무 그늘에 앉아

좋은 사람들과 수다를 떨고 싶다

꽃향기 가득한 매화에 취해 사랑하는 님과 손잡고
한없이 걷고 싶다

신기하다
어제는 지옥이었다가
오늘은 천국인 세상이…

성숙의 힘

지난 세월 동안 많이 울었습니다
그렇지만 이젠 압니다
내가 원망을 보내고 마음을 열자라고
선택을 하니
세상이 '하하' 웃으며 나를 반기고
안아줬습니다
이젠
운 만큼 웃을 겁니다

마음 정리 /

마지막 사랑이 끝나면서

새로운 인생은 시작되었다

지금

내가 할 수 있는 일은

'지금 그대로를 인정하는 것'

그리고

내가 준비할 건

평정심뿐…

사랑을 받는 방법 /

사람은 누구나 사랑을 받고 싶어 한다

받고 싶어 하는 사람에 비해 먼저 주는 사람은 적어서
사랑이 모자라 보이기는 하지만
사랑은 한마음만 돌이키면 샘솟아 나는 화수분과도 같다

주는 사람은 안다
그 가치와 보람을
그리고
준 만큼 받을 수 있다는 걸
그래서 삶이 풍요롭고 활기차다

받으려고만 하는 사람은 삶이 회의적이고 어둡다
아무도 자신을 사랑해 주지 않는다고
아무도 자신을 도와주지 않는다고
자신의 환경만을 탓하며…

원망과 절망을 느끼며 투덜거리며 살아간다

자신의 연민에서 벗어나

먼저 줄 수 있을 때 비로소

세상은 자기를 도와준다

사랑을 받는 가장 현명한 방법은

바로 주는 것이다

호흡과 여유로움 /

비워둔 자리에

자꾸 무얼 채우려고 애쓰지 말자

여유가 익숙하지 않아 다른 것을 찾아보지만

급하게 선택한 다른 삶은 혼란스러움만 더해줄 뿐…

지금은 불안하고 허한 마음이 들더라도

일치감 없는 나로 돌아가는 길을 선택하지 말자

열정보다 돈보다 남의 눈치보다 더 중요한 건

평화로운 마음이기 때문이다

긴 호흡 한번 하고

나의 비판을 멈추고 뛰는 가슴을 다스리고 내면의 소리에

귀 기울일 때

비로소 평화로움과 모든 걸 얻을 수 있다

생각 지우기

떠오른다

지워야지…

또 떠오른다

지워야지…

지워야지…

나의 적은! 내 생각!

지우고 좋은 생각으로 채워야지~

행복한 걸로~

편안할 걸로~

그래서 전보다 행복해야지

이것도 욕심이라면

좋은 생각도 지워야지

나와 같았으면 2

모두가 내 마음 같다면 얼마나 좋을까

모두가
내 생각만큼만 생각하고
내 생각만큼만 남을 이해하고
내 생각만큼만 상식적이면
얼마나 좋을까

서로 통하고 안 부딪히면 얼마나 좋을까

고정관념을 조금씩만 깨고
자기의 틀에서 조금만 나오면 얼마나 좋을까

좋은 사람에게 흡수되고
착한 사람 무시 안 했으면 얼마나 좋을까

그래서 마음 안 아프게

좋게 좋게

살면 얼마나 좋을까?

선택 /

사람은 긍정적인 마음보다 부정적 마음이 생길 때가 더 많다
그래서 항상 마음을 다스려야 한다
매일 나쁜 생각이나 감정을 거부하고 '기분 좋음'을 선택할 권리가 있다

힘이 빠지면 빠진 대로
부족하면 부족한 대로 흘러가게 놔두라
즐거울 때는 즐거운 대로 그대로 수용하면 된다

불행은 나의 '이기심'과 '집착'으로부터 생긴다
그것을 놓았을 때 '자유'가 찾아온다

사사로운 한 사람에게 집착하고
명예에 집착하고
돈에 집착할 때 한순간 그걸 얻을 순 있지만
'세상'을 잃는다

몸의 분리 /

오르막을 걷는다

발이 붕~ 뜬다

하나도 안 지치다

포기의 힘 2

자신을 학대하면서까지 인내할 필요는 없다
인내했다고 모두 이루어지진 않는다

아닌 건 과감히 '포기'할 줄도 아는 게 진정한 용기다

맞다, 틀리다란 기준은 사람마다 모두 다르지만
사회가 정해놓은 틀에 우린 기준을 잡고
그 기준에 부합하지 않으면 벽을 쳐버린다
그 틀이 무서워 인내하는 건 어리석은 짓이다
현명한 인내란
용서하든
욕을 하든
편안하게 가야 한다

진정 자신을 믿는 사람은 '포기'가 새로운 길이라는 걸 안다
그리고 그 속에서 희망을 발견한다

무제 /

시를 쓸 수가 없다

감정이 둔해졌다

내가 사라진다

흐르는 강물처럼

그냥 여기 있으렵니다

가만히

가만히

그냥 여기 살으렵니다

조용히

조용히

그냥 내 자신과 살으렵니다

담담히

담담히

누가 나를 사랑해 주면 받아들이겠습니다

고맙게

고맙게

나를 떠나도 보내드리겠습니다

기꺼이

기꺼이

미어지게 슬프겠지만…

중요한 건

아무도 내 자신이 되어주지 못한다는 거예요

남처럼 살 수 없음을 인정하며

부족하지만 그냥 나로 남으렵니다